Dear readers,
dear Korean friends!

What an honor to be able to
share my words and the
wonderful illustrations by
Katja Seifert with you ♡
I feel happy, blessed and
very grateful.
May you all feel a warm
hug full of poetry and
confidence in life ☼

오늘 아침,
기쁨이 나를 깨웠어

부모님께.

레나 라우바움 Lena Raubaum 글

레나 라우바움은 오스트리아 비엔나에 거주 중으로, 단어와 언어 애호가입니다.
작가, 연사, 배우, 글쓰기워크숍의 리더로 활동하고 있습니다.
2016년에는 오스트리아 아동문학상 DIXI Kinderliteraturpreis의 '어린이 시' 부문에서 수상했습니다.
티롤리아 출판사에서(클라라 프뤼뷔르트와 함께!)『매듭풀기』(Knotenloserin, 2018)와
『그런 시간이 있다』(Es gibt eine Zeit…, 2020)를 출간했습니다.
🏠 www.lenaraubaum.com

카티아 자이페르트 Katja Seifert 그림

카티아 자르페르트는 일러스트 작가로, 오스트리아 린츠에 거주하면서
프리랜서 일러스트레이터로 활동하고 있습니다.
건축 공부를 마친 어느날, 일러스트에 대한 열정을 발견하게 되었지요.
그 이후 만든 작품은 포스터, 잡지, 웹사이트, 도서에 실렸습니다.
이 책의 그림은 아날로그 혼합 미디어 작업을 통해 완성되었습니다.
시를 읽으면서 떠오른 생각의 이미지를 먼저 스케치하고,
수채화 용지에 과슈 물감, 색연필, 드로잉 펜으로 완성하였지요.
🏠 www.katuuschka.com

민예지 옮김

한국외국어대학교 통번역대학원을 졸업했습니다.
문화체육관광부에서 한국 문화의 매력을 알리는 콘텐츠를 제작하고
독일어로 번역해 알리는 일을 오래했습니다.

오늘 아침,
기쁨이
나를 깨웠어

레나 라우바움 지음

카티아 자이페르트 그림

민예지 옮김

dodo

가득한 감정

아주 조용한 분노,
슬픔 역시 언제나 눈물과 함께하는 건 아니지
어느 화창한 날에도
두려움과 불안이 방으로 찾아올 수 있고

아주, 아주 고요한 용기도 있단다
웃지 않아도 드러나는 기쁨,
때로는 비 오는 날이
나를 행복하고 벅차게 만들기도 하지

용기 대폭발

아주 높은 곳에서 뛰어내리기,
거짓말하지 않는 진실,
강아지의 털을 어루만지는 손,
망설임과 진심의 끝에서 던진 질문,
우리가 품은 거미,
치과 의사 선생님께 보여주던 이,
지하실 계단을 내려가는 일,
분명히 밝힌 좋고 싫음,
도움이 필요할 때 도와달라고 외치는 말,
도울 수 있을 때 돕는 손,
우리 삶을 가득 채운 용기

내 세상

공이 말했다, 내 세상은 온통 둥글다고
벼룩이 말했다, 내 세상은 온통 강아지라고
물고기가 말했다, 내 세상은 헤엄치는 것이라고
비가 말했다, 내 세상은 씻겨 내려가는 것이라고

침묵이 말했다, 내 세상은 고요하다고
대답이 말했다, 내 세상은 '왜?'라고 묻는 거라고
전등이 말했다, 내 세상은 빛이라고
어둠이 말했다, 내 세상을 볼 수 없다고

발이 말했다, 내 세상은 신발이라고
그리고 내가 말했다, 내 세상은 바로 너라고

친구들을 위해

우리는 언제나 뭉쳐 있지
즐겁게 웃는 기쁨에,
왁자지껄한 환호에,
장난스러운 말에,

우리는 함께 뭉쳐 있지
조용히 눈물을 흘리며,
마음을 갉아먹는 걱정 속에서,
아픔 속에서,

서로를 좋아하지만
싸우기도 해
우리는 너와 나잖아
너를 알게 된 이후로
나는 자주 물어
너 없이 과연 나는 누구일까

초능력

네 눈은 나를 듣고
네 귀는 나를 느껴
그리고 너의 마음은 나를 보지

아침 행복

오늘은 기쁨이가 나를 깨웠어
바로 이렇게,
핫초코 한 잔에 웃게 하고
아침 샌드위치에 미소 짓게 했지
좋은 하루가 될 거야
좋은 하루야

칭찬

와,
너는 꼭 일주일 내내 화창한 날씨 같아!

선한 영향력을 가진 말들

너는 내게 중요해

너는 할 수 있어

사랑해

네 웃음소리가 참 좋아

보고 싶었어

우리는 정말 잘 어울려

함께 있으니 참 좋다

좋은 향기가 나

네 품이 좋아

안아줘

나는 항상 네 곁에 있을 거야

우리가 함께한다면
무엇이든지 잘 될 거야

네가 있어서 기뻐

네가 내게 온다면
부디 오래 함께이기를

비밀

속눈썹에 손가락을 대고
너만을 위해
눈을 감고, 소원을 빌어
말해 줘
아니, 말하지 마!

상상해 봐

나는 상상해
평화로운 세상, 배불리 먹는 아이들
나는 상상해
모든 사람이 누리는 충분한 삶을
나는 상상해
세상을 돌보며 살아가는 모습을,
그리고 그건 많은 사람이 생각하는 것보다
훨씬 쉬운 일이라는 걸

상상해 볼래?
모든 사람이 서로 나누기를 좋아하고
큰 아픔에는 함께 치유하는 모습을,
상상해 볼래?
사람들이 더 자주 웃고
모두 자신이 할 수 있는 걸 베풀면
얼마나 좋을지,

우리 상상해 보자
이 세상은 어떤 모습으로 바뀔까?
정말 이런 모습일 지도 모르지
너도 그렇게 생각해?

소나무 한 그루로 만든 숲

작은 개미들이 모두 아주 작은 목소리로 말해
"우리가 할 수 있는 일을 하자, 할 수 있는 일!"
그리고 마지막에 그들은 다 같이,
산더미처럼 쌓인 산을 함께 바라봐

그런 때

"보이지 않는"이라는 단어가 보일 때
"생각할 수 없다"는 말을 생각할 수 있을 때
또 어떤 때가 있을까…

이런 행복

그 무엇이든 행복이 될 수 있지
집에 머무르는 것, 그리고 햇살
완벽한 골을 넣는 것
고요 속에서 재채기하지 않는 것
별똥별을 보는 것
아프지 않은 몸으로 똑바로 걷는 것
여름날, 초원에 누웠을 때
모기도 파리도 없는 것
좋은 친구를 사귀고
바람을 느끼며 힘차게 달리고
전쟁 없이 평화롭게 살며
한바탕 신나게 웃고
진심이 담긴 선물을 건네거나
너만을 생각하는 것

오늘만

오늘만이라도 나는 좋은 일을 해
다른 이들의 기분이 화창해지도록 애쓰기도 하고,
내 걱정에 대해서는 생각하지 않아
아마 나는 내일도 그럴 것 같아

비 오는 날 1

오늘은 날씨를 제대로 이용할 테야!
조심해, 물웅덩이들아!

비 오는 날 2

나는 듣는다, 빗방울이 어떻게
이렇게나 다정하게 내 방 창문을 두드리는지,
내가 어떻게 누워있을 수 있는지,
이 소리에 감사한 날

빙글빙글 도는 강아지

오늘, 우리 집 강아지는 빙글빙글 돌며 춤을 춰요
흔들고, 돌고!
엉덩이를 멋지게 살랑이면서
짖는 소리로 행복을 말하며 기쁨을 표현해요
춤을 다 추고 나면 무얼 할까요?
잠이 들겠죠!
그러다가 코골이 노래도 부른답니다

열 개의 단어로 쓴 시 | 첫 번째

HIKERIKI

아침
꼬끼오, 꼬꼬! 소리를 내며
꿀꺽, 딸꾹질을 삼킨 수탉이
나를 깨운다

용기
나는 할 수 있어!
코끼리는 생각했다
그리고 밧줄 위에 올랐다

길 찾기
"항상 나만 따라온다니까?"
내 코가 말한다
그럼 나는 코를 따라갈 테다!

놀라워

오늘 동전에서 길을 찾았어요
이런 일도 있군요!

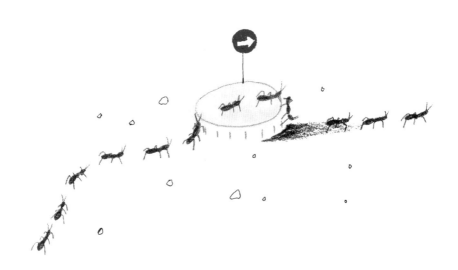

발견하는 즐거움

본다, 본다, 자세히 본다
오늘 아침, 이슬이 얼마나 내렸는지
벌거벗은 달팽이는 얼마나 미끄러운지
작은 돌의 모서리는 얼마나 단단하고
또 장미꽃은 얼마나 부드러운지, 그리고
이 모든 게 연못 위를 떠다니고 있는지!
과연, 이건 어떤 마음일까
화분 속 흙을 파헤칠 때의 기분 말이지

본다, 본다, 자세히 본다
이 나무껍질은 그저 거칠기만 할까?
무당벌레의 등은 정말로 매끈하기만 할까?
아마도 거친 모래는 아주 고운 모래가 될 테고,
체로 모래를 내려 본다, 나 혼자서
내 얼굴은 얼마나 따스해질까
이 밝은 여름, 햇살 아래에서

본다, 본다, 자세히 본다
보는 것은 재미있다
아, 끝나면 안 되는데!
손에 달린 눈으로 이렇게 본다

숨바꼭질

우리는 왜 숨을까?
아, 발견되기 위해서!

나무 꼭대기에 오르기

처음에는 바라보고,
그런 다음 시작하고,
그런 다음 더듬더듬,
힘들게 올라가
그리고 쉬다가
다리를 흔들거리는 것

소중한 순간

나를 바라보고
너를 바라보고
서로를 바라보고
눈을 바라보고
세상을 바라보고
그리고 다시 때때로,
하늘을 바라보지

나의 수호천사에게

나를 너무 빨리 달리게 하지 마
너의 날갯짓도 소중하지만, 그래도
오늘은 네가 나를 지켜줘
새로운 일에 감히 도전해 볼 수 있게
너를 느낄 수 있게 해 줘
오늘처럼 내게 용기가 부족한 날
네가 있어서 정말 고마워
나는 그걸 알고 있어서 좋아

확신

보이지 않는 네 손이
나를 안아 주고
보이지 않는 네 귀가
나를 들어 주고
보이지 않는 네 입은
내게 좋은 말을 건네지
너는 보이지 않지만,
나는 네가 있다는 걸 알아

아주 잠시

혹시 잠시 시간 있어?
그리고 잠시 귀 기울여줄 수 있어?
그러면 잠시 너와 내가 닿는 느낌은?

고마워!

말을 끝내도록 해요

침묵

침묵은 정말

침묵은 정말 중요해

침묵은 정말 중요해 그게 언제냐면

침묵은 정말 중요해 그게 언제냐면 내가

중요한 이야기를 하고 싶을 때

비밀

흘리지 않는 눈물 속에도
커다란 고통이 있어
그 눈물이 눈을 모를 때에도
가슴은 알고 있지

이별 속 위로

사랑하는 사람이 떠나고
그는 무엇을 남겼을까

아마도 그 사람이
웃던 방식,
아마도 그 사람이
네게 준 선물,
아마도 그 사람이
네게 건넨 몇 마디 말들,
아마도 때때로 그를 괴롭히던
조용한 상처,
아마도 그가 즐겨 입던
옷가지들,
아마도 세상을 보았던
그의 눈,
아마도 둘만이 공유했던
어쩌면 하나의 기억,
그리고 그의 영혼,
이제는 모두 치유된 것들

나무줄기탑

어린 나무줄기탑에
한때 회오리바람이 휩쓸고 간 적이 있다
나무줄기가 이리저리 흔들리다가
나뭇가지가 계속, 계속 삐걱거리다가
나뭇잎은 바람과 함께 솟아올랐다가
하늘 높이까지 아주 빠르게,
그리고 몇 시간이나 바람이 부는 동안
어딘가 가만히, 그러나 힘차게 서 있다
나무줄기탑
뿌리를 땅속에 더 깊숙이 밀어 넣는다
더 단단하게, 땅속으로

낯선 방문

조금 전 점심시간에
슬픔이 찾아왔단다

처음에는 불쾌했지
그는 나를 방해하기 위해 왔다고 말했고,
나는 끝내 슬픔을 외면했어

그래도 슬픔은 떠나지 않더라
그냥 거기 있었어

집으로 들어오라고 했고,
식사에도 초대했지

밥을 먹고, 이야기하고, 서로의 말을 잘 들어 준 뒤
이윽고, 너는 믿지 않겠지만, 금세

슬픔이 사라지고 말았어, 아무 말도 없이
그리고 케이크만 덩그러니 그 자리에 남아 있었지

움직이는 세계

낯선 세계
위험한 세계
두려운 세계
혼란스러운 세계

전 세계
열린 세계
진실한 세계
질서정연한 세계

움직이는 세계
돌아가는 세계

그런 날도 있어

그런 날도 있어, 세상이 빙글빙글 돌아가는 날
모든 게 뒤바뀌고
무언가 잘못되고
이상하게 비뚤어지지
그럴 때는 왜냐고 스스로 묻지 마

그냥 그런 날도 있는 거야, 세상이 빙글빙글 돌아가는 날
그럴 때 단 하나의 위로는
그 이상한 날들도
다 지나간다는 거야

설령

설령
모든 게 곧 다시 좋아질지라도
창문 너머 햇살이 일렁일지라도
수천 가지의 위로가 함께 하더라도
내 인형이 내 곁에 있더라도

설령
모든 게 그렇게 나쁘지 않더라도
네가 내게 노래를 불러 주더라도
나를 네 품에 안고
괜찮아질 수 있도록 네가 모든 것을 다 한다 해도

나는 울어야만 해
내가 정말 끝났다고 할 때까지 울어야 해

늘 평온하게

우리는
기다림 끝에 호수를 향해 손을 흔들 수 있어
기다림 끝에 사슴을 만들 수 있고
기다림 끝에 눈처럼 반짝일 수도 있지
아니면 그냥
기다림 끝에 차 한잔을 함께할 수도 있겠지

위안

시간은 모든 상처를 치유해
때로는 몇 시간 만에도,
또 때로는 더 오래 걸리기도 하지
하지만 항상, 항상 너를 도와줄 거야

확신

울고 난 뒤에야 웃음꽃이 피어나고
밤이 지나가야만 해가 뜨지
겨울이 지나가면 봄이 노래하고
고요함 속에 노래가 울려 퍼질 때…
싸우고 난 뒤 화해하고
고통 후에 상처가 치유될 때
그럴 때 나는 내 마음이 원하는 것을 알게 되지
그럴 때 나는 희망이라는 것을 느끼지

가장 아름다운 것

많은 눈물을 흘린 뒤 웃음
폭풍우 후 내리쬔 햇살
타는 목마름 너머의 해갈

떨리는 겨울 추위를 지나 찾아온 봄
갉아먹는 두려움 뒤편에 서린 희망
격렬한 다툼 후의 포옹
오랜 노력 끝에 이뤄낸 성공
어둠 뒤의 빛

울려 퍼지는 소음 속 정적
끝없이 일어선 후에 앉고,
백 년처럼 느껴지는 시간이 흐른 뒤
비로소 다시 너를 만난 일

다시 만나

기다리고 기다리고 기다리고 기다리고
기다리고 기다리고 기다리고 기다리고
기다리고 기다리고 기다리고 기다리고
기다리고 기다리고 기다리다가 마침내

소원 쪽지

나는 소원해
당신의 포옹
곁들인 아름다운 말
그리고 초코 케이크!

말이 할 수 있는 것

말은 인생에서 많은 걸 할 수 있어
신중하게 마법을 걸지
황홀하게 하고, 형상을 만들고, 변화하고, 매혹하고,
흔들고, 공포로 몰아넣고, 다치게 하고, 분노하게 해

말은 다리이자 벽이고, 기적이자 무기면서
어떤 세상을 망가뜨릴 수도, 새로 만들 수도 있고
바위처럼 강하고, 화병처럼 깨지기 쉬워
비눗방울처럼 돌아다니는 존재야

말은 가슴의 칼이고, 상처에 바르는 약이며
잃어버렸다가 다시 찾아지기도 하고,
숨기고, 속이고, 나누고, 공유하고,
행복하게 하고, 연결하고, 설명하고, 그리고 치유하지

말은 끝을 찾을 수 없지만 목적이 있어
말은 인생에서 정말 많은 걸 할 수 있어

단어 보물

아브라카다브라   집동사니

칠나   장난   터미남함

직감

오두막   환호

병아리콩

신중함

입체 책

고마워   형형색색

당나귀 귀

꼼꼼함

아무개   민들레꽃자리

섬세한 감각

평화

허튼소리   귀벌레

도넛   버희

풍문

입맞춤

행운아-

뜀뚜기

골무

맛있음

딸꾹질

파도 소리

잠자리

담요

아침 안개

소곤거림

쥐죽은 듯이 조용함-

길고양이

공중제비

커다란-

형형색색

별똥별

운명의 시간-

흥얼흥얼거림

허밍

별의 시간-

집에서

물망초

진지하게

오늘 장난 쿠키를 먹었어요
장난 아니에요!

기상예보

어제 비가 쏟아졌을 때
나는 생각했다
저 하늘 전체가
어쩌면 눈물이 날 정도로 웃고 있는 거라고

아하! 깨닫는 순간

그리고 나는 한 가지를 깨달았어
모든 일에는 앞면과 뒷면이 있다는걸

철새

어떤 새가 기차를 놓쳤다
그러자 분노가 그를 집어삼키고 말았다
그는 열심히 날아서
걸어갔어야 할 모든 길을 비행했다
오데사 항구에 이르는 그곳에 다다르자
분노가 조금씩 사그라들고 있었다

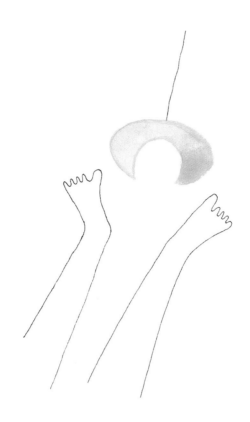

놀이공간

등을 대고 누워서
발을 천장까지 뻗어 쭉 편다
이곳은 자유롭고 넓은 공간,
좋아, 전등까지 닿도록 쭉!

내가 있고 싶은 곳

자두나무의 거친 가지
반짝이는 시냇가의 바위
할아버지 정원의 빨간 그네
나뭇잎 캐노피가 있는 동굴

우리가 휴가를 갔던 집
천둥 치던 날의 발코니
옷장 속 나의 은신처
쉴 새 없이 흔들리는 놀이터 다리

손전등을 들고 이불 아래서
책을 읽고
아니면 그냥 꼬옥,
너의 품에 안기기

꿈의 여행

내 침대에 날개가 있다면
그래, 그럼 나는 날아갈 거야
나는 내게 물어, 나는 내게 물어
내가 얼마나 먼 곳으로 향할지

아마도 다음 마을로,
아마도 다음 나라로
누가 알겠어, 아마도 나는 심지어
해변으로까지 날아갈 거야

어쩌면 바람이 나를 데리고
맑고 잔잔한 호수로,
어쩌면 눈이 쌓인
산봉우리로 갈지도 몰라
그리고 나는
별나라에도 갈 수 있지…

내 침대에 날개가 있다면
그래, 그럼 나는 날아갈 거야

좋은 아이디어가 사는 곳

좋은 아이디어는
머릿속에, 숲속 나무 뒤에 살아요
멋진 아이디어는 아이들 방에 머무는 것을 좋아하고,
소리가 울려 퍼지는 공간에 사는 것도 좋아해요.

좋은 아이디어는 화장실에서,
차 안에서, 기차 안에서, 길 위에서,
그리고 공기 좋은 집에서도 편안해 해요

멋진 아이디어는
이야기 속에 사는 것을 좋아해요
그리고 항상 우리가 좋은 아이디어를 믿을 때마다
대부분 멀리 있지 않아요

아름다운 음악을 들을 때
좋은 대화를 나누고 걸을 때
잠들기 직전 고요할 때 만났어요
자주, 너무 자주 만났어요

모든 귀

호수는 파동으로 말하고
숲은 나뭇잎에 바스락거리고
바람은 낮은 목소리로 말한다,
속삭인다,
풀밭에서는 풀이 윙윙거리고
그가 듣고 싶어 했던 노래를
내가 귀 기울여 듣는다
행복하게, 조용히

믿을 수 있는

나는 날지 않는,
조용한 영웅을 믿어요
내가 이길 수 있다고 믿지만
그렇다고 이길 필요는 없다고 믿어요
나는 온순한 낙타를,
그리고 서두르는 달팽이를 믿어요
때로는 어떤 침묵이
정말로 아주 많은 말을 했다고 믿어요

나는 어두운 별들과
또 밝은 밤을 믿어요
나는 좋은 것보다, 나쁜 것보다
훨씬 많은 것들이 있다는 걸 믿어요
나는 작은 거인과
거대해지는 난쟁이가 있다고 믿어요
그리고 나는 믿어요, 정말 믿어요
천국이 있다는 것을요
이 세상에 천국이 있다는 것을요

천사의 증거

필요할 때의 도움,
깊은 슬픔 뒤 옅은 미소,
천공의 화려한 활,
조용히 땅에 내려앉는 눈,

웃게 만드는 말
함께 노래하는 목소리
진심으로 너를 사랑하는 사람
천사가 있다는 신호

좋은 조언

살다 보면 가끔 그럴 때가 있어
팔을 벌리고
빠르게 언덕을 내려가야 할 때가 있어
그러면서 숨쉬고, 숨을 헐떡이고
아니면 다른 방법도 괜찮아
그냥, 정말 크게 소리를 질러 보는 거야!

우리

함께하고 있다는 것,
때로는 서로 가닿고
가끔은 서로 마주하며
이따금 서로 뒤섞이지
그렇게 항상 서로를 위해서

자선

"고양이를 위한 거야!"
생쥐가 말하며 몰래 치즈를 남긴다

풀밭의 보물

맨발로 걷다가
몇 개의 풀줄기가 걸렸어
내 발가락 사이로 고개를 내민 꽃들,
예뻐 보여

평화 인사

우리는 손을 맞잡은 채
다툼을 끝내고
서로를 바라보며 여기에서 말한다
평화, 평화, 너와 함께 있어

관찰

조용한 연못 옆에
늙은 왜가리가 서 있다
고요히 물가를
응시한다

조용한 연못 옆에
늙은 왜가리가 서 있다
더 가까이 다가가 바라본다
그 안에서 나를 본다

그는 거울에 대고 무엇을 말한다
나는 이해할 수 없지만,
하지만 분명 아름다웠을 것이다
그가 웃는 것을 보았다

중요한 성찰

나는 나 아닌 다른 사람이 될 수 없어
정말로 확신할 수 있지
다른 모든 사람들은
결국, 이미 존재하고 있으니까

칭찬

너는 훌륭한 화가야!
너는 책 낭독에 재능이 있지!
너는 매력적인 정리 정돈 고수!
너는 저돌적인 제트기!
너는 상상력이 풍부한 탐험가!
너는 환상적인 분위기 메이커!
너는 기발한 스토리텔러!
너는 뛰어난 손재주꾼!
너는 흥미진진한 눈빛을 가지고 있어!
너는 아주 멋진 겉옷을 입고 있어!
너는 예술적인 등반가!
너는 정말 입 모양을 잘 읽어!

ㄷ

ㅣ

ㅇ

ㅅ

ㅂ

ㅡ

너는 모범적인 감독이야!

너는 호기심 가득한 탐구자!

너는 목소리가 꾀꼬리처럼 맑고!

너는 멋지게 미끄러지는 물웅덩이 점퍼!

너는 아주 명랑한 수다쟁이!

너는 사려 깊은 라이더!

너는 전설적인 장난 천재!

너는 천 개의 아름다운 몽상가!

너는 형언할 수 없는 포옹가!

너는 재미있는 마법사!

너는 멋진 농담꾼!

너는 아주 대단한 실로폰 연주자!

너는 피읖으로 시작하는 단어를 천재적으로 잘 찾아!

너는 충분히 준비된 경청자!

ㅈ

ㅁ

ㅊ

ㄱ

ㅍ

ㅜ

[[대[[대로 나는

때때로 나는 곰,
강하고, 강력하고, 커다랗지
때때로 나는 딱정벌레처럼
작고 불안해

때때로 나는 사자,
들리도록 크게 포효해
때때로 나는 물고기,
말없이 조용히 바라보지

때때로 나는 양
외롭고 싶지 않아
때때로 나는 늑대처럼
주변을 돌아다니지, 그것도 혼자서

때때로 나는 달팽이
조용한 느림이 필요해
때때로 나는 치타,
시간보다 빠르게 달려

가끔은 아주 신나게 뛰어
내 앞에 있는 이 벼룩처럼,
지금 사실 생각해 보면
나는 동물원이 아닐까

감정이입

기쁨의 반대말은
슬픔이 아니고,
사랑의 반대말은
미움이 아니다
용기의 반대말이
두려움은 아니듯
슬픔의 반대말 역시
재미가 아니다

밝고 다채로운
이 모든 것의 이름은 감정,
그들은 모두 느껴지기 위해 거기에 있다

이게 다 너를 위해서야

사람들은 소매로 입을 닦지 말라고 해요.
그래도 저는 제가 하고 싶은대로 했답니다!

세계 어린이날을 위한 찬가

애들아, 미래의 날들을 살아갈 너희
현실 속에서도 꿈을 꾸는 너희
열린 질문에 대한 답을 찾아가는 너희
뿌리 내린 나무에서 춤을 추는 너희

너희의 의지력, 강인함
삶으로 희망을 뜨개질하는 너희들
눈에 보이는 결과를 만드는 성취의 기쁨
노력 속 용기와 절망

크게 잘 웃는 너희들! 킥킥, 웃을 줄 아는 너희들!
눈물을 흘리며 중얼거리던 걱정
깊게 사유하고, 또 상상하는 사람
내일을 향한 끝없는 신뢰

보이는 것과 보이지 않는 것
모든 시간에 존재하는 너희의 영혼
지구에 잠시 찾아온 손님, 나였고 당신이었던
너희가 전부야
우리의 가능성이야

놀이터에서

하늘을 봐
땅을 봐
발을 봐
벌레를 봐
구름을 봐
풀을 봐
그―네!

열 개의 단어로 쓴 시 | 두 번째

최고의 모습
책을 읽을 때
초콜릿을 먹다 보면
책 한 편에 묻어 녹아내린 초콜릿이 보여

시간 유령
나는 어떤 시간에는 유령이고,
그 시간이 아닐 때는 요정이야!

이해의 어려움
나는 졸졸 흐르는 시냇물처럼 말하고
그는 마치 폭포처럼 얘기하거든

미신
나는 완전히
확신하지는 않지만
사실 이미 믿고 있지

들어, 들어

귀벌레에게 귀벌레가 생기면
귀벌레도 귀벌레 소리를 넘치게 들을 테다
또는 그가 원하는 대로 춤을 추겠지!
귀벌레의 귀벌레가 있어서 좋아

약속은 약속이야

두 마리의 곰이 서로의 인기척에 기대어
겨울잠에 들어가려고
두 마리 모두 막 잠에 빠지려는데
한 마리가 크르릉 하고 조용히 울었어
내 곁에 있어, 여기 이불을 덮고!
봄 햇살이 우리를 깨울 때까지
그러자 다른 곰이 크르릉 하고 울며 말한다, 나는 떠나지 않아!
약속할게

속담 다르게 말하기

천천히 치유하라

일찍 일어나는 새가 초콜릿을 먹는다

무에서 유가 나온다

자화자찬은 향기롭다

오만해서 이로울 것이 별로 없다, 겸손하면 더 없다

오래된 사랑은 알리지 않는다

시작이 절반은 아니다

유리집에 사는 사람들은 꽃을 심어야 한다

행복은 혼자 오지 않는다

어릴 때 배우지 못하면 커서 더 많이 배운다

저녁이 되기 전에 하루를 칭찬하라

날개가 좋으면 다 좋아

새끼 오리가 물가를 서성인다
이리갔다, 저리갔다
이리갔다, 망설이다
눈을 감고
뛰어내린다, 그리고 깨달았지
나는 헤엄 날개를 가진 오리구나!

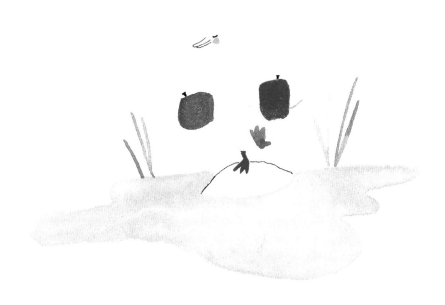

만남

나만의 생각,
너만의 생각,
우리 서로 생각을 나눠 보자
그러면 우리의 생각이 될 거야!

구름 놀이

하늘을 보면서 구름 놀이 하자!
악어와 뽀뽀하는 말
어, 브로콜리다!
여기 공룡 두 마리, 아니 세 마리가 있어
돌고래 한 마리가 힘차게 튀어 올라
그런데 지느러미가 없어, 보이니?

오 저기에, 너! 너다!
저건 비둘기인가, 아니면
날아가는 배일까?
그 아래에는 낙타가 누워있지
뭐, 카우보이모자 같다고?
정말이네! 나도 이제 그렇게 보여
응, 나도 낙타 모자 마음에 들어!
함께하니 더 많은 것을 보는구나!

좋은 질문들

나랑 사귀자!

어떤 나무에다가
우리의 오두막을 지을까?

네가 가장 큰 케이크 조각 먹어!

우리 내일 아이스크림 두 번 먹을까
세 번 먹을까!

내가 좋은 밤 이야기
하나 들려줄까?

내가 너를
얼마나 사랑하는지 알아?

내 옆에 앉을래?

우리 오늘부터 1일!

너를 꼭 안고 싶어!

우리 집에서 놀자!

나랑 뭐 하고 놀래?

어떤 책을 읽어줄까?

춤추고 싶니?

혹시 조언 필요해?

네 웃음소리가 궁금해!

뽀뽀해도 돼?

함께

우리 함께 두껍고 얇은,
어둡고 밝은,
가볍고 무거운 것을 지나서
천천히, 그리고 빠르게 가자

우리 함께 따뜻하고 차가운,
시끄럽고 조용한 것을 지나서 가자
그리고 우리 모두 자기만의 방식으로 나아가자
서로의 방식대로,

네가 거기에 있다면
우리는 둘이야!
한 명이 더 온다면
그럼, 우리는 셋이야!

미래의 생각

우리가 세상을 구했어!
이리 와봐, 너도 봐야 해

단 한 글자

저기, 불가능한 것을
손에 넣고 싶다면
단 한 글자, '불'을
지우면 돼!

상상력

모든 것이 가능하다면
무엇이 가능할까?

삶이

삶이 네게 날개를 달아주고
강한 뿌리를 내리게 하렴
그리고 의심이 될 때는 기억하기를
너는 너다, 그래, 너는 너다

삶이 너를 안아 주고
사랑이 맺힌 눈으로 너를 바라볼 때도
자꾸만 망설여진다면 기억하기를,

스스로 잘 믿기를,
삶이 너를 강하게 하고
너만의 길을 가게 하고
그리고 넘어져도 다시 일어설 힘을 주기를,

너의 삶이 온전히 네 것이기를,
우리는 한 걸음 한 걸음 함께 걸으며
네 모든 앞날에
뿌리와 날개를 보낼 테니

좋은 생각으로

좋은 생각을 가지고
걱정은 줄이고
좋은 생각을 가지고
다가올 내일을 기뻐해

좋은 생각을 가지고
나는 혼자가 아니야
좋은 생각을 가지고
나는 잠에 들어

행복에 빠진 닭

닭이 완전히 행복할 때
밤하늘을 올려다보고,
밤하늘을 또 올려다보고,
아! 닭살이 돋을 거야!

열 개의 단어로 쓴 시 | 세 번째

점성술사
별이다!
그가 별을 가리키며
그녀의 볼에 입을 맞춘다

목소리 바다
바다에서
나는 너와 함께 앉아
바다의 소리에 귀를 기울여

늦음
나 이제 집에 가야 해!
달팽이가 외쳤다, 그러더니
달팽이 집으로 쏙!

고마워

햇살에 고마워
욕조에 고마워
헤이즐넛 와플콘 아이스크림에 고마워
모든 빛나는 사과꽃에 고마워

집에 고마워
휴식의 발견에 고마워
눈송이와 방울털모자에 고마워
장화와 빗물웅덩이에 고마워

지구에 고마워
모든 코끼리 무리에 고마워
사람, 동물, 식물에 고마워
춤추는 파도에 고마워

오늘 하루 고마워
내가 가진 장난감에 고마워
내 심장 고마워, 뛰고 있음에 고마워
수도꼭지에서 떨어지는 물에 고마워

내 머릿속에 떠오른
그 생각에 고마워
나는 앞으로도 계속 말할 거야
고마워는 정말 좋은 말이야

작가의 말

많은 사람이 꾸준히 자기만의 방식으로
이 책에 바람을 불어 일으킵니다.
그래서 무엇보다 독자 여러분께
'고마워'라는 말로 안아 주고 싶어요.

카티아 자이페르트, 카트린 파이너, 잉에 체벨라, 넬레 슈타인본,
티나 라이터, 고트프리드 콤파쳐, 카트린 벡스베르크,
라인하르트 에가르트너, 나이엔 카파쳐, 아베 카렐, 하인즈 야니시,
그리고 남편 라스무스 라우바움!
뛰는 가슴으로 고맙습니다.

찾아보기

감정과 느낌

가득한 감정 ···································· 5
감정이입 ····································· 71
낯선 방문 ································· 36-37
때때로 나는 ································· 70
비밀 ·· 33
설렘 ·· 40
용기 대폭발 ·································· 6
좋은 조언 ···································· 61
확신 ·· 43

너와 나

가장 아름다운 것 ···························· 44
구름 놀이 ···································· 81
나의 수호천사에게 ··························· 29
내 세상 ······································ 7
내가 있고 싶은 곳 ···························· 55
다시 만나 ···································· 45
만남 ·· 80
말을 끝내도록 해요 ··························· 32
비밀 ·· 14
삶이 ·· 88
선한 영향력을 가진 말들 ···················· 12-13
소원 쪽지 ···································· 46
숨바꼭질 ···································· 26
아주 잠시 ···································· 31
우리 ·· 62
이런 행복 ···································· 18
자선 ·· 63
좋은 질문들 ······························· 82-83

초능력 ······································· 9
친구들을 위해 ······························ 8
칭찬 ·· 11
칭찬 ····································· 68-69
평화 인사 ··································· 65
함께 ·· 84
확신 ·· 30

기쁨, 행복, 고마움

고마워 ······································ 92
기상예보 ···································· 51
내가 있고 싶은 곳 ·························· 55
아침 행복 ··································· 10
이런 행복 ··································· 18
좋은 생각으로 ······························ 89
좋은 조언 ··································· 61
행복에 빠진 닭 ······························ 90

우리와 세상

그런 때 ····································· 17
미래의 생각 ································· 85
상상력 ······································ 87
상상해 봐 ··································· 15
세계 어린이날을 위한 찬가 ················· 73
소나무 한 그루로 만든 숲 ·················· 16
소중한 순간 ································· 28
움직이는 세계 ······························ 38
이런 행복 ··································· 18

재미난 말장난

나무 꼭대기에 오르기 …………… 27

날개가 좋으면 다 좋아 …………… 79

놀라워 ……………………………… 24

놀이공간 …………………………… 54

놀이터에서 ………………………… 74

늘 평온하게 ………………………… 41

단 한 글자 ………………………… 86

단어 보물 …………………………… 48

이게 다 너를 위해서야 …………… 72

들어, 들어 ………………………… 76

비 오는 날 1 ……………………… 20

비 오는 날 2 ……………………… 21

빙글빙글 도는 강아지 …………… 22

속담 다르게 말하기 ……………… 78

아하! 깨닫는 순간 ………………… 52

약속은 약속이야 ………………… 77

열 개의 단어로 쓴 시 | 첫 번째 … 23

열 개의 단어로 쓴 시 | 두 번째 … 75

열 개의 단어로 쓴 시 | 세 번째 … 91

진지하게 …………………………… 50

철새 ………………………………… 53

행복에 빠진 닭 …………………… 90

인식과 직관

관찰 ………………………………… 66

말을 끝내도록 해요 ……………… 32

모든 귀 …………………………… 58

발견하는 즐거움 ………………… 25

소중한 순간 ……………………… 28

아주 잠시 ………………………… 31

중요한 성찰 ···································· 67
풀밭의 보물 ···································· 64

보호와 확신

나의 수호천사에게 ···························· 29
약속은 약속이야 ······························ 77
천사의 증거 ·································· 60
확신 ·· 30
확신 ·· 43

슬픔과 위로

가장 아름다운 것 ···························· 44
그런 날도 있어 ······························ 39
나무줄기탑 ···································· 35
낯선 방문 ································· 36–37
비밀 ·· 33
설령 ·· 40
위안 ·· 42
이별 속 위로 ································ 34
확신 ·· 43

환상과 꿈

그런 때 ······································ 17
꿈의 여행 ···································· 56
말이 할 수 있는 것 ·························· 47
믿을 수 있는 ································ 59
좋은 아이디어가 사는 곳 ···················· 57
행복에 빠진 닭 ······························ 90

Mit Worten will ich dich umarmen
by Lena Raubaum (text) and Katja Seifert (illustration)

© 2021 Tyrolia-Verlag, Innsbruck-Vienna
Korean translation copyright © 2024 by Korean Studies Information Co., Ltd.
This Korean edition published by arrangement
with Verlagsanstalt Tyrolia GmbH through LENA Agency, Korea.
All rights reserved.

오늘 아침,
기쁨이 나를 깨웠어

초판인쇄 2024년 8월 30일
초판발행 2024년 8월 30일

지은이 레나 라우바움
그린이 카티아 자이페르트
옮긴이 민예지
발행인 채종준

출판총괄 박능원
국제업무 채보라
책임편집 조지원
디자인 김예리
마케팅 전예리
전자책 정담자리

브랜드 dodo
주소 경기도 파주시 회동길 230 (문발동)
투고문의 ksibook13@kstudy.com

발행처 한국학술정보(주)
출판신고 2003년 9월 25일 제406-2003-000012호
인쇄 북토리

ISBN 979-11-7217-460-6 03850

dodo

dodo는 세계 각지의 아름다운 그림책을 모아 큐레이션하는 한국학술정보(주)의 출판 브랜드입니다.
dodo(도도)란 '잠'을 의미하는 프랑스어로,
잠들기 전 누구나 평온한 이야기의 세계로 떠날 수 있다는 의미를 담았습니다.
매일 밤, 꿈 너머의 푸르른 세상에 가닿을 수 있도록 울림이 가득한 책을 만들고자 합니다.

@dodo.picturebook